SV

# *Anna Achmatowa*
# *Ich lebe aus dem Mond, du aus der Sonne*

Hundert Gedichte
über die Liebe

Aus dem Russischen
von Alexander Nitzberg
Herausgegeben und mit
einem Nachwort versehen
von Olaf Irlenkäuser

Suhrkamp

Erste Auflage 2000

Druck: Nomos Verlagsgesellschaft, Baden-Baden
Printed in Germany

1 2 3 4 5 6 - 04 03 02 01 00

*Ich lebe aus dem Mond,*
*du aus der Sonne*

Den Strahl im Fenster bet ich an –
er ist so hell und schlank.
Ich schweige, seit der Tag begann,
mein Herz jedoch zersprang.
Auf meinem Wasserbecken ward
das Kupfer grün, doch fällt
das Licht darauf in einer Art,
die mir den Sinn erhellt.
Es leuchtet ohne jede List
in meine Ruh hinein,
jedoch für diese Klause trist
ist das ein goldnes Fest und ist
die tiefste Labung mein.

1909

## *Bei der Lektüre von »Hamlet«*

1.

Der Platz vor dem Friedhof war staubig und leer,
der Fluß dahinter war blau.
»Geh nur ins Kloster«, sagte er,
»oder sei eines Narren Frau …«
So etwas sagt nur ein Zauberprinz,
mögen Jahre vorüberziehn,
doch über meine Schultern rinnt's
wie ein Mantel von Hermelin.

2.

Und als wär es ein Versprecher,
sagt ich »Du …« zu ihm.
Und der Hauch von einem Lächeln
strahlte auf sublim.
Ja, bei solchem Wort verliert sich
jeder Blick sogleich …
Meine Liebe ist wie vierzig
Schwestern zart und weich.

1909

## *Zwei Gedichte*

I.

Das Kissen ist beiderseits
schon zu warm.
Es sind zwei Kerzen bereits
abgebrannt. Und ein Schwarm
von Raben da draußen kräht.
Ich fand keinen Schlaf, doch sei's
drum: Es ist jetzt zu spät …
In unerträglichem Weiß
die Gardine am Fenster weht.
Grüß dich!

1909

2.

Wieder dieses weiche Haar,
diese Blicke, diese Stimme.
Alles wie vor einem Jahr.
Durch die Scheiben strömt ins Zimmer
helles Sonnenlicht … Und klar
nehm ich deine Worte wahr
und den Liliendurft – wie immer.

1909/1910

1.

Sie kamen und sagten: »Dein Bruder ist tot.«
Was man wohl damit meinte?
Wie lange doch heute das Abendrot
über den Fluten weinte.
.............................................
Den lieben Bruder bringe ich heim,
wo ich Vergangenes berge,
ich treibe darüber insgeheim
so manche magischen Werke.

2.

»Bruder! Wo warst du? Ich hab es gewußt:
Einst schlägt die glückliche Stunde!«
»Schwester, wende dich ab: Diese Brust
ist eine einzige Wunde.«

1910

## *Er liebte …*

Er liebte drei Dinge auf Erden:
Bei Gottesdiensten geistliche Lieder,
vergilbte Karten und weiße Pfauen.
Ihn störten Kinder und ihre Beschwerden,
Himbeertee war ihm zuwider,
mochte auch keine hysterischen Frauen.
… Dabei war ich sein Eheweib.

1910

## *Ein altes Portrait*

Blickst aus dem Rahmen, vergoldet und edel;
hinter dir fächert der zahme
Mohr mit dem blauen und buschigen Wedel,
weiße und zierliche Dame.

Schultern – der Grazie zartes Exempel,
Augen blasiert und erbittert.
Und wie im düsteren Vorhof zum Tempel
schimmernd das Kerzenlicht zittert.

Eine Gitarre am Tischchen daneben,
Rosen im schlanken Pokale …
Wer aber malte mit furchtsamem Beben
dich in dem festlichen Saale?

Wurde dein Mund, du berückendes Wesen,
jenem zum tödlichen Bissen?
Hinten, der Mohr im Gewande erlesen
lächelt voll Wissen.

1910

## *Der König mit samtigem Blick*

Ehre dem schmerzlichen bösen Geschick!
Tot ist der König mit samtigem Blick.

Herbstlicher Abend war flammend und schwül.
Heim kam mein Gatte und sagte mir kühl:

»Weißt du, man hat ihn beim Jagen entdeckt:
Unter dem Eichenbaum lag er gestreckt.

Ach, seine junge verlassene Frau!
In einer Nacht ward die Königin grau.«

Nahm vom Kamin seine Pfeife herab
und sich zur nächtlichen Arbeit begab.

Ich aber wecke die Tochter und seh
in ihre samtigen Augen voll Weh.

Und vor dem Fenster der Pappeln Geraun:
Wirst deinen König auf Erden nicht schaun.

1910

Und durch den goldnen Nebel trieb
der Ruhm, gleich einem Schwan.
Und wieder warst du, meine Lieb,
ein bitterböser Wahn.

um 1910

Und im Schutze des Schleiers verrenkte
ich die Hände. »Warum bist du blaß?«
»Weil ich ihn bis zum äußersten tränkte
mit der Trauer so würzigem Naß.«

Wie er wankte, wie qualvoll den Mund er
da verkrampfte – es schwebt mir noch vor.
Halb besinnungslos lief ich hinunter,
und ich eilte ihm nach bis zum Tor.

»Scherze trieb ich! Wirst du mich verlassen,
bin ich tot!« stieß ich atemlos aus.
Doch er lächelte schrecklich, gelassen,
und bemerkte: »Es zieht. Geh ins Haus.«

1911

## *Alice*

1.

Alles trauert um den holden
Traum vom Frühlingsparadies,
wie Pierette um ihren goldnen
Becher, den sie fallen ließ …

Aufgelesen alle Scherben,
aber ach, was hilft ihr dies …
»Will vor Langeweile sterben,
so versteh mich doch, Alice!

Wo ich schon fürs Abendessen
jeden Appetit verlor!
Neulich habe ich vergessen,
mich zu schminken, stell dir vor!

O Alice, nun hilf mir weiter,
daß ich ihn zurückgewinn;
nimm mein Haus und meine Kleider,
all mein Erbe geb ich hin.

Vor den Nächten ist mir bange:
Sah im Traume mein Idol!«
Doch Alice verwahrt schon lange
eine Locke – wessen wohl?!

2.

»So spät! Ich bin müde, ich gähne ...«
Nun schlafe doch weiter, Mignon,
ich schmücke die künstliche Strähne
der Herrin nach neuster Fasson

mit Bändern, dazu eine Perle.
»Mein rätselumwobener Graf!«
– so schreibt sie – »Bis bald. An der Erle.«
Die Herrin! Wie tut sie so brav.

Doch unter der Maske verborgen,
da schmunzelt sie schelmisch und kühn.
»Die Strumpfbänder sollte ich morgen
ihr heimlich mit Moschus besprühn!«

Die dunklen Kleider das warme
und gleitende Sonnenlicht traf ...
»Es öffnet für mich seine Arme
der rätselumwobene Graf.«

1911

## *Ein Gesang der letzten Begegnung*

Eine Kühle den Atem schwächte,
aber mein Schritt – der flog,
als ich mir über die Rechte
einen Handschuh der Linken zog.

Ich fühlte so viele Stufen,
doch wußte: Es sind nur drei.
Vom herbstlichen Laub ein Rufen:
»Steh im Tode mir bei!

Mein wechselhaftes und trübes
Schicksal brachte mir Leid.«
Ich sagte nur: »Liebes, Liebes!
Mir auch. Wir sterben zu zweit.« –

Ein Gesang der letzten Begegnung.
Und zum dunkelnden Haus gewandt,
sah ich Kerzen, die ohne Regung
im Schlafzimmer gelb gebrannt.

1911

*Liebe*

Mal rührt sie mit Zaubergewalt
die Herzen, zum Schlänglein gewunden,
mal gurrt sie in Taubengestalt
am Fenster unzählige Stunden,

mal strahlt sie im glitzernden Eis,
mal scheint sie im tropischen Schlummer,
doch führt sie verläßlich und leis
die Menschen zu Trauer und Kummer.

Wie klagt sie so süß im Gebet
der Geige, wie flehend und schüchtern,
doch fürchtet sich, wer sie errät
im Lächeln von fremden Gesichtern.

1911

## *Fragment*

… Und irgend etwas rauschte im Schatten
der Bäume, vom dunklen Plan,
und schrie auf einmal: »Dein Liebster, was hat er,
was hat er dir angetan!

Deine Lider bedeckt mit der schwarzen und dicken
Tusche. Er gab dich hin
der zehrenden Sehnsucht, dem Ersticken,
der Liebesvergifterin.

Deine Brust betäubten die Nadelstiche –
all die Stiche, die man dir gab.
Du spielst die Heitere? – Laß die Schliche
und leg dich lebendig ins Grab! …«

Ich sagte zum Spötter: »Du Schwarzer, voll Schläue,
wo dein Gewissen wohl blieb!
Er ist still und zart, er hält mir die Treue
und hat mich auf ewig lieb!«

1911

Man hat mir heute keinen Brief gebracht:
Ist er verreist? Vergaß er, ihn zu schicken?
Die Schiffe in der Bucht gemächlich nicken,
der Frühling trillert silberhell und lacht.
Man hat mir heute keinen Brief gebracht …

Er war mit mir für eine kurze Dauer
von sanfter Liebe und Ergebenheit,
doch war das in der weißen Winterzeit –
jetzt herrscht der Frühling und verseucht mit Trauer …
Er war mit mir für eine kurze Dauer.

Ich höre, wie im tödlichen Verdruß,
den Geigenbogen schneller, schneller schwingen
und habe Angst, es wird mein Herz zerspringen,
und diese Zeilen bleiben ohne Schluß …

1912

Die Stimme schwankt, der Wille ist geblieben.
Hoch ist der Himmel, und es weht der Wind.
So ist es leichter: Niemanden zu lieben. –
Ich bin auf reine Dinge nur gesinnt.

Schlaflosigkeit, die soll mich nicht mehr pflegen
an diesem halberloschenen Kamin;
verschwunden ist der tödlich spitze Degen,
der mir im Zeiger einer Uhr erschien.

Nicht das Vergangene bestimmt das Leben!
Es naht die Freiheit. Und ich will verzeihn,
sobald ich seh, wie über grüne Reben
im Frühling fährt ein sanfter Sonnenschein.

1912

Will Unsterblichkeit noch im Sterben.
Die staubige Dunkelheit sinkt …
Ob Dämonen, die roten und derben,
oder Pech, das im Kessel stinkt,

kommt heran mit verlognen Grimassen,
Chimären der alten Zeit!
Sollt mir nur die Erinnerung lassen,
die Erinnerung, wenn ich scheid,

damit ich *dich* nicht versäume
in diesem quälenden Kreis.
Für das Lächeln und für die Träume
zahl ich gerne den dreifachen Preis.

Möge der Tod mich laben
mit klarem silbernen Schein.
Die Menschen aber begraben
den Leib und die Stimme mein.

1912

Warum willst du den Brief zerknüllen,
bester Freund? – Lies zu Ende ihn.
Denn ich mag mich nicht länger verhüllen,
mag als Fremde nicht mit dir ziehn.

Bitte blicke nicht so besessen,
weil ich doch deine Liebste bin.
Nicht die Schäferin, nicht die Prinzessin
und auch nicht mehr die Klausnerin –

in den abgelaufenen Schuhen,
dem einfachen grauen Kleid.
Doch wie früher: Die Küsse glühen,
und die Augen sind angstvoll weit.

Warum willst meinen Brief zerknüllen
und beklagen den falschen Schein?
Lege ihn, deinen Reisesack füllend,
ganz zuunterst hinein.

1912

Die Geliebten verlangen so viel!
Aber niemals verlangt, wer verlassen.
Ich bin froh: Unterm Eise fragil
wartet heute in Spannung das Wasser.

Und ich werde – Gott schenke mir Mut! –
diese glitzernde Fläche beschreiten.
Meine Briefe: bewahre sie gut
als ein Zeugnis für kommende Zeiten,

daß noch besser, noch tiefer sie
deine Weisheit und Stärke verstehen.
Deine glorreiche Biographie
sollte keine Details übersehen.

Denn die Netze der Liebe sind dicht,
und die irdischen Tränke betören.
Mögen später im Schulunterricht
meinen Namen die Kinder hören,

damit ihnen ein Schmunzeln entfährt
über diese fatale Historie.
Hast mir Liebe und Ruhe verwehrt,
aber laß mir die tragische Glorie.

1913

## *Konfusion*

1.

Es war stickig im sengenden Scheine,
sein Blick war ein lichter Strahl.
Ich bebte nur: Er alleine
bezähmt mich vielleicht einmal.
Neigt sich — will etwas sagen …
Wie mein Gesicht erblaßt!
Auf meinen irdischen Tagen
liegt als Grabstein der Liebe Last.

2.

Du liebst nicht, du schaust nicht her?
Wie schön du doch bist, du Schlimmer.
Selbst fliegen kann ich nicht mehr,
dabei konnte ich es schon immer.
Mein Blick ist vom Nebel bedroht,
Gesichter und Menschen verschwimmen,
ich sehe, ich sehe nur rot
dir im Knopfloch die Tulpe glimmen.

3.

Vertraut mit den besten Sitten,
halb gelangweilt und halb verführend,
bist du lächelnd zu mir geschritten,
meine Hand mit den Lippen berührend,
und ich sah eine Augenreihe
vom seltsamen alten Geschlechte ...
Zehn Jahre erstickter Schreie,
all meine schlaflosen Nächte
schwangen mit in dem, was ich hauchte,
aber es war eine Narrheit.
Du gingst, und die Seele tauchte
erneut in Öde und Klarheit.

1913

## *Abends*

Den Park durchrieselte Musik,
erfüllt mit namenlosem Klagen.
Von Austern, die im Teller lagen,
ein scharfer Meeresduft entstieg.

Mein Kleid berührte er so weich:
»Bin Ihnen treu und untertänig!«
Seine Berührungen! Wie wenig
sind sie einer Umarmung gleich.

Katzen und Vögel kost man so,
blickt so auf schlanke Reitersfrauen.
Aus leichtem Gold der Wimpern schauen
die Augen ruhig ihm und froh.

Und Geigen singen voller Qual
über dem grauen Zwielichtscheine:
»Dem Himmel Dank: Zum ersten Mal
bist mit dem Liebsten du alleine.«

1913

## *Promenade*

Die Feder streifte die Decke vom Wagen.
Ich sah ihm schüchtern ins Angesicht.
Und fühlte schneller das Herz mir schlagen
und wußte nicht, woran es bricht.

Der Abend drückte mit trüber Hitze
unter dem grauen Wolkentuch,
Bois-de-Boulogne: eine Skizze,
gemalt mit Tusche im alten Buch.

Die Luft war voll Benzin und Flieder,
die Stille wartete gespannt.
Mein Knie berührte auf einmal wieder
– beinah gelassen – seine Hand.

1913

Grüß dich! Ob dein Ohr den zarten
Hauch am Tisch vernahm?
Die Papiere müssen warten,
da ich zu dir kam.
Ob du mir erneut am Ende
die Leviten liest? –
Weil du weder meine Hände
noch die Augen siehst.
Wieviel Licht und Ruh erblick ich
hier. O jage mich nicht weg
zu dem Brückenbogen stickig
und dem Wasser voller Dreck.

1913

Mein Lächeln ist das, was ich hab:
eine Zuckung der Lippen zart,
einzig für dich bewahrt,
weil es die Liebe gab.

Auch wenn du ein frecher Filou,
auch wenn du andre gewollt:
Mit samtigem Blick stehst du
vor mir am Altar von Gold.

1913

Wir werden nicht von einem Glase trinken:
kein Wasser und auch keinen süßen Wein,
des Morgens nicht in einem Kuß versinken
noch aus dem Fenster sehn im Abendschein.
Ich lebe aus dem Mond, du aus der Sonne,
doch schöpfen wir aus gleichem Liebesbronne.

Mit mir ist ein Begleiter sanft und treu,
mit dir ist eine Freundin voller Freude,
doch ahne ich, warum dein Auge scheu,
und deine Schuld ist, daß ich mich vergeude.
Wir lassen nur die kurzen Treffen zu
und wahren so die gegenseit'ge Ruh.

Doch stets in meinen Versen du erklangst,
und meine Stimme haucht durch deine Lieder.
Es gibt wohl eine Flamme, welche nie der
Vergessenheit anheimfiel und der Angst ...
Du weißt es nicht, und dennoch: Es verlocken
mich deine Lippen – rot und etwas trocken!

1913

Unverwechselbar sind die Regungen
echter Liebe. Vergeblich stellst
du mir nach mit galanten Bewegungen
und wickelst mich ein in Pelz.

Vergeblich sprichst du in bangenden
Worten vom Liebesgeschick.
Ich kenne diesen verlangenden,
diesen ungesättigten Blick!

1913

Nicht zu früh, nicht zu spät geboren
in vollkommenster Harmonie.
Doch mein Herz war zum Leid erkoren
und fand seine Ruhe nie.

Mein Zimmer ist darum trübe,
und die nächtliche Vogelschar
der Freunde beklagt die Liebe,
die nie mit den Sterblichen war.

1913

Dachte wenig an dich und erglühte
für dein Schicksal noch nie. Aber tief
hinterließ eine Spur im Gemüte
unser Treffen, das flüchtig verlief

in dem rötlichen Haus, das ich meide,
jenem rötlichen Haus an dem Fluß.
Deiner sonnigen Ruhe bereite
ich wohl damit nur Leid und Verdruß.

Wenn auch du es nicht bist, der im Fieber
die Berührung der Lippen erzwang,
wenn auch du es nicht bist, der die Liebe
in unsterblichen Versen besang –

ich beschwöre die kommenden Zeiten,
wenn die Abende seltsam erblaun,
und ich kann uns bereits bei dem zweiten
unausweichlichen Treffen erschaun.

1913

Der Leib verblühte mir zermartert,
der Mund verwelkte mir verletzt!
Nicht diesen Tod hab ich erwartet,
nicht diese Frist hab ich gesetzt.

Zwei Wolken – glaubte ich – begegnen
einander droben in den Höhn,
und Blitze werden niederregnen,
als kämen Engel, mich zu segnen,
und Stimmen jauchzen stark und schön.

1913

## *Der Gast*

So wie früher: Ans Fenster trieben
feine Schneeflocken ohne Rast,
und ich selbst bin die alte geblieben,
und hatte doch einen Gast.

Ich fragte: »Was willst du?« – »Zusammen
mit dir in der Hölle sein.«
Ich lachte: »Du willst uns verdammen,
etwas Übles uns prophezein.«

Als mit der ruhigen Hand er
über die Blumen strich,
vernahm ich: »Wie küßt du die andern,
wie küssen die andern dich?«

Auf meinen Ehering gerichtet,
hat sein Auge an Glanz verlorn.
Dabei regte sich nichts im Gesichte,
das beinah verklärte der Zorn.

Wie doch dem Liebestollen
das erregende Wissen behagt,
er habe nichts mehr zu wollen,
ich hätte ihm nichts versagt.

1914

## *Trennung*

Es liegt vor mir ein krummer
und abendlicher Pfad.
»Vergiß mich nicht«, im Kummer
ein Liebender mich bat.
Nun bin ich mit den Winden
und höre Hirten schrein
und seh gespannte Linden
am Wasser klar und rein.

1914

Die Straße war dunkel im Garten am Meere.
Das gelbe Laternenlicht schien.
Ich zeigte die größte Gelassenheit, wäre
da nicht das Gespräch über *ihn* …
Wir altern gemeinsam, flanieren und tauschen
unschuldige Küsse: Wir zwei,
wir bleiben doch Freunde? Und Monate rauschen
wie Schneeflocken an uns vorbei.

1914

Will das Glück nicht, das hienieden ist,
führ den Mann zur Liebsten sein,
und den Säugling, der zufrieden ist,
wieg ich in den Schlummer ein.

Wieder richte in der Kühle ich
an Marie die Litanein …
Nonne sein ist schwer, doch fühle ich:
Schwerer ist es, froh zu sein.

Säh ich nur den Traum, den brennenden,
wie ich einen Dom betrat
– weiß und steinern –, und erkenne den
einmal schon beschrittnen Pfad.

1914

Du könntest mir seltner im Traume
erscheinen. Wir treffen uns oft.
Doch nur in dem finsteren Raume
sah ich, daß dein Auge nicht blufft.

Wie Chöre himmlischer Scharen
sind lobende Worte von dir.
Wirst dort meinen Namen bewahren
und nicht mehr klagen wie hier.

1914

Sie ist in einer sichren Bucht.
Ich bitte nicht um deine Liebe.
Deiner Verlobten – glaubst du – schriebe
ich einen Brief voll Eifersucht?
Ich spreche einzig aus Erfahrung:
Zeig meine Verse ihr und gib
ihr mein Portrait zur Aufbewahrung –
die jungen Gatten sind so lieb!
Für diesen Backfisch ist es weit
bedeutender, den Sieg zu spüren,
als ein Gespräch mit dir zu führen
in Freundschaft und Geborgenheit …
Und habt ihr in den Wind gestreut
des kleinen Glückes Kupfergroschen,
und was die Seele dir erfreut,
erscheint verblaßt und abgedroschen.
Dann komme nicht zu mir zurück
zur Stunde, wenn ich triumphiere,
da ich die Krankheit namens »Glück«
mit meinen Künsten nicht kuriere.

1914

War niemals auf Ruhm bedacht:
der irdische muß zerfallen.
Habe viel Glück gebracht
meinen Geliebten allen.
Der eine, der lebt noch heut
in Treue zu seinem Schatze,
der andere steht bestreut
mit Schnee, in Bronze am Platze.

1914

Hab den Rebell gepriesen,
rühmte die Sünde viel,
bis ich auf dürre Wiesen
vom nächtlichen Himmel fiel,

mich erhob und zum fremden Sitze
wie zu meinem eigenen schritt,
die tückische herbe Hitze
der Wiesen brachte ich mit.

Wurde zum Weib dem Sänger
und zur Mutter dem Kind.
Doch hinter mir wehte ein strenger
heiserer Wirbelwind.

1914

*Der Traum*

Du träumtest von mir, da tat
ich kein Auge mehr zu. Und fahl
erleuchtete meinen Pfad
einer blauen Laterne Strahl.

Ein Garten zeigte sich dir,
der Königin weißer Palast,
der Zäune eiserne Zier,
der Stufen steinerne Last.

Der Weg war dir kaum bekannt,
»Beeil dich«, hast du gedacht,
»denn bevor ich sie fand,
wäre ich ungern erwacht.«

Der Wächter am roten Tor
fragte: »Wohin die Reis'?«
Das Wasser trat schwarz hervor
unter gebrochnem Eis.

Du dachtest: »Ein See, gewiß,
da muß eine Insel sein ...«
Doch in die Finsternis
fiel plötzlich ein blauer Schein.

Und du erwachtest voll Qual,
als die Sonne so grell gebrannt,
und hast mich zum ersten Mal
laut beim Namen genannt.

1915

Die Frühlingsbrise zärtlich weht,
das Abendlicht ist gelblich trübe.
Du kommst wohl ein Jahrzehnt zu spät,
und dennoch bin ich froh darüber.

Setz dich ganz nah zu mir und schau
– beschwingt und ohne mich zu richten –
auf dieses Tagebuch in blau
mit meinen kindlichen Gedichten.

Vergib, zu lange habe ich
der Daseinsfreude mich enthalten.
Vergib, vergib, daß ich für dich
zu viele andere gehalten.

1915

Denn irgendwo ist Licht, das heiter, warm
und durchsichtig: ein schlichtes Leben.
Da hört des Abends nur ein Bienenschwarm
die zwei am Gartenzaun sich liebevoll ergeben
einem Gespräch von höchstem Charme.

Wir aber leben mühsam und erhaben,
die schmerzlichen Begegnungen sind Brauch,
und Reden, die wir just begonnen haben,
zerreißt gedankenlos ein scharfer Hauch.

Und dennoch: Wir verlassen deine düstern
und sonnenlosen Parks um keinen Preis,
noch deiner Flüsse kristallines Eis,
du Stadt voll Leid und Ruhm, in der sich leis
erahnen läßt der Muse Flüstern.

1915

Nein, mein Königssohn, du denkst
nicht an mich: Von meinem Munde
blühen keine Küsse: Längst
raunt er nur noch dunkle Kunde.

Glaube nicht, dem puren Wahn
und dem Leiden hingegeben,
riefe ich das Unglück an:
Meine Kunst verlangt es eben.

Diese kann auf das Geschick
plötzlich ihren Einfluß nehmen,
um mit einem flüchtgen Blick
die Ersehnte zu bezähmen.

Willst du Ruhm, dann suche Rat,
und ich werde dich belehren,
doch es ist ein falscher Pfad,
voller Tücken und Miseren.

Gehe nur nach Hause still
und vergiß, was du gesehen.
Und für deine Sünden will
ich im Himmel Antwort stehen.

1915

Bist du tot oder lebend? Werde
ich dich suchen und hoffen, daß du
noch wandelst auf dieser Erde?
Oder beten für deine Ruh?

Ich weihe dir alles: lichte
Gedanken, den Schlaf, der schwand,
weiße Schwärme meiner Gedichte,
der Augen azurnen Brand.

Noch nie ließ einer mich schmachten,
der so im Verborgenen blieb,
von allen, die Leid mir brachten
oder mich hatten lieb.

1915

»Wie deine Hände glühen,
im Ohr der Angelus:
Du wirst versucht, wie früher
der Sankt Antonius.«

»Die wilde Magdalene
hat diese fromme Zeit
mit ihrer dichten Mähne
– mit diesem Tag – entweiht.«

»So lieben nur die Kinder
beim allerersten Mal.«
»Der größte Überwinder:
der stillen Augen Strahl.«

»Ist das der Satan? Flicht er
um uns sein dunkles Band?«
»Was ist auf Erden lichter
als diese weiße Hand?«

1915

Ich weiß: Für Leiden und Beschwerden
bist du vom Schicksal mir gesandt:
als Lohn dafür, daß ich auf Erden
stets dem Vergnügen widerstand.
Dafür, daß ich in meinem Leben
die Liebe niemandem gestand
und allen Peinigern vergeben,
bist du als Engel mir gesandt.

1916

Ach, wieder einmal du. Nicht als verliebter Knabe,
doch als verwegner Mann mit herrischem Gehabe
betrittst du dieses Haus und blickst mich schweigend an.
Die Ruhe vor dem Sturm schlägt mein Gemüt in Bann.
»Was hast du nur getan«, wird deine Frage lauten,
»mit dem auf ewig dir vom Schicksal Anvertrauten?«
Ja, ich beging Verrat und habe dich verspielt.
Was mahnst du also noch, daß ich dich nicht behielt?
So stört den Mörderschlaf des Opfers Silhouette,
so wacht der Sensenmann an einem Totenbette.
Vergebung lehrte uns der Herr. Vergib auch du.
Mein Leib zermartert sich und findet keine Ruh,
doch tröstet sich der Geist: Ich sehe jenen zarten
vom Herbst geröteten, vom Wind durchwehten Garten.
Die Felder waren schwarz, die Kranichscharen schrien,
da mir die Erde noch so wonnevoll erschien!

1916

Man nahm mir Liebe, und man nahm mir Mut.
Der Leib – in einer fremden Stadt verloren –
ist seines Lebens nicht mehr froh. Das Blut
in meinen Adern ist bereits gefroren.

Die Heitre Muse sitzt nur unbewegt
und sagt kein Wort: Ich kenne sie nicht wieder.
Ihr schwarzbekränztes Köpfchen neigt sich nieder
und hat sich matt auf meine Brust gelegt.

Nur das Gewissen drängt und drängt im Gram,
ich soll die Welt mit großen Gaben segnen.
Ich habe mich verteidigt voller Scham …
Doch kann nicht weinen mehr und nichts entgegnen.

1916

Als alle Welt mir ihn verhieß –
der Horizont, der trüb umsäumte,
die Brise, die zu Ostern blies,
der Traum, den ich zur Christnacht träumte,

die Rebenzweige rötlich braun,
der Park mit seinen Wasserfällen
und auf dem rostgen Gitterzaun
die beiden riesigen Libellen.

Wie könnte ich zu jener Zeit
an seiner Freundschaft Zweifel hegen?
Da schritt ich mit Gelassenheit
auf brennendheißen Felsenwegen …

1916

Ich wartete auf ihn schon manches Jahr
und habe diese Zeit als Schlaf erfahren.
Da strahlte mir ein Licht unwandelbar:
Es war am Palmensonntag vor drei Jahren.
Da wurde meine Stimme plötzlich lahm –
und lächelnd stand vor mir der Bräutigam.

Die fromme Menge zog mit Kerzen leis
am Haus vorbei. O weihevoller Abend!
Es klirrte leicht das dünne Frühlingseis,
und über allem klang die Glocke: labend,
wie ein erquickender, verheißner Trost.
Die Lichter hat ein schwarzer Wind liebkost.

Und wie in einem trüben Dämmerschein
sah ich die weißen Blumen. Der verengte
Pokal erschimmerte vom roten Wein.
Und meine Hand voll Kerzenwachs versengte
der Kuß, den sie empfing. Da sang mein Blut:
»Nun jauchze und sei froh, denn Gott ist gut!«

1916

Über gefrorene Wehen,
gehüllt in zärtliche Ruh,
wir beide besänftigt gehen
deinem weißen Hause zu.
Und diese erfüllten Träume
sind süßer als Verse mir:
die zitternden Äste der Bäume
und deiner Sporen Geklirr.

1917

Wir müssen den Abschied üben.
Schlendern zu zweit herum.
Es dämmert. Wir gehn im Trüben.
Du grübelst. Ich bleibe stumm.

Zur Kirche: Da läßt man sich taufen,
da wird man bestattet, vermählt.
Schweigend herausgelaufen …
Woran hat es uns gefehlt?

Am Friedhof vor einem Grabe
atmen wir auf befreit.
Du kritzelst im Schnee mit dem Stabe
den Ort, wo wir nie mehr entzweit.

1917

Geheimnisvoll seh ich den Winter tauen,
ein klarer Wind geht in den Bergen um,
und auch der tiefe See beginnt zu blauen –
des Täufers ungeschaffnes Heiligtum.

Wo ich bereits vom zweiten Treffen schwärme,
dir aber ist vom ersten noch so bang.
Der Abend spendet eine sanfte Wärme –
wie sich die Sonne neigt über den Hang!

Du bist nicht da, und doch ist es kein Scheiden:
In jedem Augenblick wird Großes kund.
Ich weiß, du mußt in solchem Maße leiden,
daß nicht ein Wort ertönt aus deinem Mund.

1917

Willst du, dem weder mein Begehren
noch meine Glut und Wonne galt,
mir deinen Namen nicht erklären
mit seiner tragischen Gewalt?

Ich sah dich vor mir niederknien,
ich sah über die junge Stirn
– als wäre dir ein Kranz verliehen –
bereits die Todesschatten schwirrn.

Und du gingst fort. Nicht um zu siegen,
doch um zu fallen. Tiefe Nacht!
Ich hätte viel zu gern verschwiegen,
warum es mich so traurig macht.

Und wird seitdem mit Himmelsfarben
ein Weg im Walde aufgehellt,
und flattert um die spitzen Garben
seitdem ein Vogel auf dem Feld,

und schon den Sterbenden vermut ich,
der mir ein Abschiedszeichen gab,
schon ahne ich am Dnjestr blutig
ein aufgescharrtes Massengrab.

Die Liebe werde ich vergessen.
Der Ruhm ist vom Verfall bedroht.
Was mir vom Schicksal zugemessen,
ist nebelhaft. Dein Bild indessen
will ich bewahren bis zum Tod.

1917

Von Begeisterung ergriffen
in der Frühe zu erwachen,
um durchs Fenster der Kajüte
grüne Wellen anzuschaun,
oder sich auf Deck im Sturme
in den weichen Pelz zu hüllen
und beim Dröhnen der Maschinen
zu vergessen alles rings,
eine baldige Begegnung
mit dem Liebsten zu ersehnen
und sich stündlich zu verjüngen
am Gebraus von Salz und Wind.

1917

Fremder Gefangner! Was soll deine Haft mir,
sind doch der eignen zu viele bereits.
Aber die Kirsche des Mundes verschafft mir
einen so seltsam betörenden Reiz.

Möge er meiner auch spotten und höhnen –
all seinen Worten ein Seufzer entfährt.
Werde mich nie mit dem Märchen versöhnen,
daß er noch andere glühend begehrt,

daß er nach einer verborgenen Liebe,
welche dem göttlichen Himmel entstammt,
sich wieder hingibt dem kindischen Triebe
und meine innigen Küsse verdammt.

1917

Einundzwanzigster. Montag. Im Finstern
scheint die Großstadt ein wenig erhellt.
Wer erdachte wohl jene Gespinste,
daß man Liebe erlangt auf der Welt?

Und aus Öde und Faulheit vertrauen
wir darauf und besingen sie so:
Eine Trennung erfüllt uns mit Trauer,
die Begegnungen machen uns froh.

Doch die Wahrheit wird selten verkündet,
und nur dem, der in Stille versank …
Und ich hab es durch Zufall ergründet,
und ich wurde im Inneren krank.

1917

Mir ward die Stimme: »Ich verkünde
dir Trost und Freude: Kehre um
von dieser Stätte voller Sünde,
von diesem Volke taub und stumm.
Dein Herz wird frei von schwarzer Schande,
und deine Hand vom Blute rein,
mit neuem Namen dich gewande
nach all der Lästerung und Pein.«

Und ruhig schloß ich beide Ohren
und habe alles überhört,
was meinen Geist, in Gram verloren,
befleckt, entwürdigt und empört.

1917

## *Finsterer Traum*

1.

Der mich so krumm und unbeholfen pries,
der stand noch immer zögernd an der Rampe.
Und jeder unter uns mit Freuden gern verließ
den blauen Dunst, das fahle Licht der Lampe.

Doch aus dem Wortgewirr die Frage kam:
Warum bin ich kein Liebesstern? – Und vorne
erglühte das Gesicht voll Schmerz und Scham,
das so gefühllos war in seinem Zorne.

Die Weinenden sind alle gleich vor Gott!
Drum liebe mich, gedenke mein und weine!
Leb wohl, leb wohl! Es führt mich zum Schaffott
ein Henkersknecht im blauen Morgenscheine.

1913

2.

Auf dem Wasser klirrendes Eis,
der Himmel trostlos verhüllt.
Warum züchtigst du mich? Ich weiß
von keiner einzigen Schuld.

Besser töte mich blind,
nur mach kein böses Gesicht.
Möchtest von mir kein Kind,
meine Verse gefallen dir nicht.

Es gescheh dein Wille! Dem Eid
bleibe ich treu: Ich gab
dir mein Leben – mein Leid
nehme ich mit ins Grab.

1918

3.

Lauthals brülle ich und winde mich:
Deine Liebe rätselhaft
macht mich krank, es wird mir schwindelig,
ich verliere jede Kraft.

Singe keine Lieder, Elender,
Lieder lügen doch. Du mußt
mit der Kralle um so quälender
mir zerkratzen meine Brust,

bis das Blut mir um so sprühender
aus dem Mund aufs Laken spritzt.
Mit dem Leben wird verglühen der
Rausch, der tief im Herzen sitzt.

1918

4.

Du bist immer anders und verschroben.
Und ich füge mich stets mehr darein.
Doch die härteste der Feuerproben,
mein gestrenger Freund, ist mir die Liebe dein.

Lachen, Singen willst du mir nicht gönnen,
für Gebete hast du keinen Sinn.
Um mit dir zusammensein zu können,
nähm ich gerne alles hin!

Also leb ich weiter ohne Stimme
und auch ohne Heimat – hier wie dort,
denn du nahmst der Hölle und dem Himmel
meine einst so freie Seele fort.

1917

Bleib fern. Du bist vom fremden Lager.
Was ruft mich deine Arroganz? –
Dort fiel mein Bruder, und da lag er
im Blut mit einem Engelskranz.

Es wird dein Lächeln und dein Flehen,
es wird dein fürchterlicher Eid
als fahles Schattenbild verwehen
und meiner Liebe Seligkeit
nicht hintergehn …

1921

Du glaubtest, mit flehendem Rufe
– gleich all den anderen – werd
ich mich werfen direkt vor die Hufe
von deinem braunen Pferd?

Oder bei Kräuterhexen
flüstern heimlichen Fluch
über Zaubergewächsen
in mein duftendes Tuch?

Die ruchlose Seele belohne
ich mit keinem Blick oder Wort.
Ich gelobe bei einer Ikone,
der Engel heiligem Ort,
unsrem flammengezeugten Sohne:
Ich bleibe für immer dir fort.

1921

Ich werde mich nützlich erweisen.
Meine traurige Liebe tut weh,
doch ich will alle Heiligen preisen,
daß die heitere Freundschaft besteh.

Habe dafür mein Erbe vergeudet,
und verlange von dir kein Pfand.
Doch ich laufe in Lumpen gekleidet,
wie im festlichen Hochzeitsgewand.

1921

Bist du bei Trost? Ich soll dir hörig sein,
die ich den Himmel zum Gebieter hatte?
In meinem Hause martert mich der Gatte –
erspare mir daher die bange Pein,

wo ich dir selber den Besuch abstatte …
Die Winde wehen, es beginnt zu schnein,
das Dunkel lauert. Doch ein heller Schein
erleuchtet deine strenge Kasematte.

So schlägt mit seinem blutbespritzten Leibe,
vom winterlichen Wirbelsturm versehrt,
ein weißer Vogel an die Fensterscheibe.

Nun ist die Ruhe in mich eingekehrt.
Leb wohl, du bist mir lieb, weil du die Bleibe
voll Güte einer Wandernden gewährt.

1921

Und die Blicke der Männer entflamme ich,
weil auch ich diese Flamme erfuhr.
Siehe selbst: Deiner Rippe entstamme ich –
dich zu lieben ist meine Natur.

Schon das Schicksal erschuf mich als liebende,
milde Schwester. Da wuchs meine Gier,
und ich wurde zur wilden, durchtriebenen
und bezaubernden Sklavin von dir.

Aber wenn ich voll Demut dir huldige,
pocht im schneeweißen Leibe so laut
und so jubelnd dein Herz, das geduldige,
mir als Sonne seit jeher vertraut!

1921

Ich brachte den Liebsten Verderben
und hab sie dem Tode geweiht.
O wehe mir! – All dieses Sterben
hat ihnen mein Wort prophezeit.
So spüren die Raben die Beute
des Blutes noch rauchend und warm,
so streut meine Liebe voll Freude
die Lieder im rasenden Schwarm.

Du kannst mich so milde betören,
bist nah wie das Herz in der Brust.
Bleib ruhig. Du mußt mich erhören:
Du mußt mich verlassen. Du mußt!
Ich darf auch den Ort nicht erfahren,
dann findet die Muse dich nicht.
Ich werde dein Leben bewahren
vor mir und vor meinem Gedicht.

1921

Er sagte mir, ich sei von Erden nicht,
und keine andre würde mich verdrängen.
Ich ähnelte dem sanften Sonnenlicht,
der Heimat ungebändigten Gesängen.
Und stürbe ich, es täte ihm nicht weh,
er riefe nicht verzweifelt: »Kehre wieder!«
Und könnte doch nicht leben, denn er säh:
Der Leib braucht Sonne und die Seele Lieder.
… Was aber nun?

1921

*Eine andere Stimme*

1.

Habe dich, mein Engel, nie betrogen,
warum bin ich also fortgezogen,
warum ließ ich also dich zum Pfande
in dem todeswunden Erdenlande?
Wasser dampft unter den Brückenbogen,
Funken kommen aus der Glut geflogen,
schwere Bö'n beklagen ihre Schande,
eine Kugel irrt am Newa-Strande,
und sie sucht dein armes Herz. In Weiß
liegst du einsam im vereisten Zimmer,
und du singst, gehüllt in weißen Schimmer,
meinem bittren Namen Lob und Preis.

1921

2.

In jener fernen Zeit, da Liebesglut
als Kruzifix im todgeweihten Herzen
entfachte, lagst du nicht wie eine Taube
an meiner Brust, doch hast sie wie ein Geier
mir aufgerissen: brachst die Treue, schenktest
den Wein des Fluches deinem Freunde ein.
Nun ist die Stunde nahe, und auch du
blickst in die grünen Augen und erflehst
umsonst der harten Lippen milde Gaben
und Schwüre, welche du noch nie vernommen
und welche keiner auszusprechen wagt.
So hat derjenige, der einen Quell
vergiftete für den, der in der Wüste
ihm folgt, sich selbst verirrt und, schier verdurstend,
im Dunkeln die Oase nicht erkannt.
Das kühle Wasser spendet ihm Verderben,
doch hat Verderben nie den Durst gestillt.

1921

»Will mein Teuerstes zerstören,
und dein Flehen läßt mich kalt.
Wirst du mir nicht ganz gehören,
dann erschlage ich dich halt.«

So umschwirrt mich alle Tage
und mit immer neuer Wucht
diese Ungezieferplage
deiner stumpfen Eifersucht.
Kannst mich nicht zu Tode schinden,
angeweht von freien Winden,
werden meine Augen trocken,
und die Seele darf frohlocken.

1922

*An W. K. Schilejko*

Vor den verführerischen Knien
vergißt du, freier starker Mann:
Die Erste Schuld wird nicht verziehen,
doch ausgemerzt durch Tod und Bann.

Du läßt dir zum Vergnügen schänden
der Lebenstage Heiligtum? –
Mit ihren räuberischen Händen
wird sie zerstreuen deinen Ruhm.

Kein Weib von dieser Erde flößt dir
die schöpferische Trübsal ein.
Für deinesgleichen gab es Klöster,
und Scheiterhaufen harrten dein.

1922

Du wirst mir doch verzeihn:
daß ich nicht mehr so jung, daß die infamen
Verleumdungen – gleich einem üblen Rauch
um eine helle Flamme – sich nun auch
verdichteten um meinen guten Namen.

1925

*Zweizeiler*

Aller anderen Lob zerstob.
Deine Worte sind grob, doch Lob.

1931

## *Der letzte Toast*

Auf dieses Leben voller Leid,
auf das zerstörte Haus
und auf die Einsamkeit zu zweit
trink ich den Becher aus –,
auf jenes falsche Lippenpaar,
der Augen kühles Glas,
auf diese Welt, die grausam war,
auf Gott, der sie vergaß.

1934

An zarten Blicken weidet sich der eine,
es trinkt der andre bis zum neuen Tag,
ich aber rede in der Nacht alleine
mit dem Gewissen, das nicht ruhen mag.

Ich sage ihm: »Ich trage deine Bürde
so lange schon.« – Ihm aber ist die Zeit,
als ob sie gar nicht existieren würde,
auch ist der Raum ihm eine Fraglichkeit.

Es folgt ein schwarzer Abend. Maskerade.
Der finstre Park. Der leichte Pferdetrab.
Und eine Brise voller Glück und Gnade
fährt aus den Himmelshöhn auf mich herab.

Und oben, über mir, ist nur ein blasser,
ist nur ein stumm beobachtender Mond ...
Dahin, dahin: zum regungslosen Wasser,
in welchem eine Schar von Schwänen wohnt.

1935

## *An die Stadt von Puschkin*

O wehe mir! Sie haben dich verbrannt …
O Trennung, leichter als ein Wiedersehen!
Hier waren Brunnen, üppige Alleen,
und hier des Gartens uralter Gigant,
das Morgenrot war röter anzusehen,
im Frühling roch's nach Fäulnis und nach Land,
und hier – der erste Kuß …

1944

… Der Mensch jedoch, für den ich heute nichts
empfinde und der mir den tiefsten Kummer
und Trost gebracht in Zeiten bittrer Not,
umspukt bereits wie ein Gespenst – vom Wahnsinn
berauscht – den fernsten Winkel meines Lebens
und fletscht die Zähne wölfisch …
Himmel, Himmel!
Ich habe mich so schwer an dir versündigt!
Laß mir das Mitleid wenigstens …

1945

## *Cinque*

*»Autant que toi sans doute il te sera fidèle*
*Et constant jusques à la mort.«*
*Ch. Baudelaire*

1.

Wie am Rande der Wolke dort,
denk ich immer noch an dein Wort,

und *mein* Wort hat dir die Nacht
zum leuchtenden Tag gemacht.

Wir standen der Erde so fern,
als wär jeder von uns ein Stern.

Nicht schüchtern und nicht entsetzt,
weder damals, noch später, noch jetzt.

Aber liehst du mir auch dein Ohr,
als ich dich – noch lebend – beschwor?

Und ich schlage die Tür, die du
aufgerissen, wohl niemals zu.

1945

2.

Als die Töne im Äther zerschellten
und dem Dunkel die Dämmerung glich,
blieben den schweigenden Welten
zwei Stimmen nur: du und ich.
Ein Geläut kam herangeflogen
von den Seen, die unsichtbar,
und in schimmernde Regenbogen
unser Flüstern verwandelt war.

1945

3.

In meiner Kindheit mocht ich nicht
das Mitleid andrer Leute,
doch leuchtet wie ein Sonnenlicht
dein Mitleid in mir heute.
Nur deshalb ist es um mich klar,
und was ich tu, ist wunderbar
nur deshalb!

1945

4.

Daß ich den Tag unsrer krassen
Begegnung in Versen nicht rühm,
siehst du ein. – Was soll ich dir lassen?
Meinen Schatten? Was willst du mit ihm?
Willst du verbrannte Dramen
mit Widmung? Ein Neujahrsbild,
welches plötzlich dem Rahmen
entsteigt und mit Angst erfüllt?
Leise glimmende Kohlen?
Oder, was von der Lieb
anderer nachzuholen
und zu erfahren blieb?

1946

5.

Warum müssen wir leiden? Was taten wir?
Sind wir trunken vom schläfrigen Mohn?
Unter welchen Gestirnen betraten wir
diese Erde – uns selber zum Hohn?
Und mit welchen Getränken bedachte uns
diese Nacht? Welcher heimliche Brand
in dem dunkelsten Januar brachte uns
bis zur Dämmerung um den Verstand?

1946

## *Im Traum*

Diese schwarze und fatale Wende
tragen wir im gleichen Maß. Du weinst?
Reich mir lieber deine beiden Hände,
schwöre, daß du mir im Traum erscheinst.

Denn wir sind zwei stumme Bergesspitzen …
und ein Treffen ist uns nicht vergönnt.
Wenn mir nächtens durch das Sternenblitzen
doch ein Gruß von dir erstrahlen könnt!

1946

Die Liebe stirbt zuerst, die Schmeichelreden
verstummen, bis zuletzt der Hochmut fällt.
Denn die Verzweiflung überwältigt jeden,
vor allem, wenn sich Angst hinzugesellt.

etwa 1948

*N. P.*

Und dieses eine Herz wird nichts erwidern
auf meine Stimme – jauchzend und betrübt.
Es ist vorbei … Ich folge meinen Liedern
ins nächtge Dunkel, wo es dich nicht gibt.

1953

Du hast mich ausgedacht. Denn solche gibt es nicht
in diesen irdischen Bereichen.
Da hilft dir auch kein Arzt, da tröstet kein Gedicht –
du fühlst ein Schattenbild dich Tag und Nacht umschleich
Wir fanden uns im Jahr, als sich verschwenderisch
die Kraft der Welt verzehrte, als die Klage
zum Himmel schrie, denn nur die Gräber waren frisch,
und alles litt unter der Plage.
Die Dunkelheit, die kein Laternenstrahl durchbrach,
umgab wie eine Wand die Stadtbezirke …
So war der Augenblick, in dem ich zu dir sprach!
Und ahnte selber kaum, was ich damit bewirke:
Im gramerfüllten Herbst, da hast du mich erhört,
um deinem Leitstern nachzueilen
zur Schwelle jenes Hauses, das zerstört,
seit ausgeflogen ist die Schar verbrannter Zeilen.

1956

## *Im gebrochenen Spiegel*

Bedeutungsvolle Worte hab
an jenem Abend ich vernommen,
als stürzt ich eine Schlucht hinab,
die ferne unter mir erglommen.
Am Tore schallte das Gepoch
des Untergangs; wie eine Eule
erhob der Garten ein Geheule;
die müde Stadt schien älter noch
als Troja in dem hellen Glast mir
und läutete. Was du gebracht,
bekam ich nicht zu sehn: Du hast mir
ein anderes Geschenk gemacht:
Das war an jenem heißen Abend
als eine Posse zu verstehn.
Nun brennt's, mein Dasein untergrabend,
in mir als schleichendes Arsen
und ist die Wurzel meiner Wunden. –
Genug, vergessen wir es doch!
Das Treffen, das nicht stattgefunden,
schluchzt an der Ecke immer noch.

1956

Du bist da, an weiß Gott welchem Orte,
also rufe mich an, denn mein Geist
wurde taub für beflügelte Worte,
seit ich mehr als ein Waise verwaist.

1958

Drohe nicht, daß mein Glück mich verläßt,
daß der Norden mich restlos versäuert.
Unser erstes gemeinsames Fest –
unsre Trennung – wird heute gefeiert.
Es bescheint uns kein Mond, es entbrennt
uns kein strahlender Morgen: Ich werde
dir bereiten ein solches Präsent,
wie es niemand gesehn auf der Erde:
Meine Spiegelung schenk ich dir gern
auf der Flut eines schlaflosen Baches;
einen Blick, der den fallenden Stern
in den Himmel zu heben zu schwach ist;
und die Stimme, die damals so frei
und die heute – ein farbloser Schemen.
Und der Vorstädte Rabengeschrei
wirst du ruhigen Herzens vernehmen.
Deinen trüben und herbstlichen Sinn
soll der mildeste Frühling durchtränken …
Bis zum kommenden Winterbeginn
soll mein Engel dann meiner gedenken.

1959

## *Abschiedslied*

Kann nicht lachen und nicht singen,
sitz im tiefen Sinnen,
will mit allen unsren Dingen
ganz aufs neu beginnen:
Unser erster Streit, das dumme
heitere Geschwafel,
und noch einmal jene stumme,
jene letzte Tafel.

1959

Eine Stimme erklingt vor der Tür,
und sie nennt uns beim Namen. Geflimmer:
Als verschwommene Antwort entfährt's
einem Spiegel im finsteren Gange
und versetzt meinem Herzen zum Scherz
einen Stich mit der goldenen Spange.

1960

Reiche kein Erinnerungsgeschenk mir,
denn ich weiß: Erinnerung ist kurz.

1960

Du hattest recht, daß du mich nicht
als deine Freundin mitgenommen.
Ich wurde Schicksal und Gedicht,
ich bin als Wirbelsturm gekommen,
ich bringe um den Schlaf . . . . . . . . . .
. . . . . . . . . . . . . . . . . . . . . . . . . . . . . Ich bin,
die ihr wohl kaum erkennen werdet:
die rüstige Pariserin,
die sich so jugendlich gebärdet.

1961

*Beinahe ins Album*

Du hörst den Donner und erinnerst dich:
Sie sehnte sich so sehr nach den Gewittern …
Und wieder soll das Herz vor Feuer zittern,
und starr und rot erscheint der Himmelsstrich,
weil ich die letzte Hürde überbrück:
Und das geschieht in Moskau, an dem Tage,
da ich der Stadt für alle Zeit entsage,
und nur den Schatten lasse ich zurück.

1961-63

## *Der Ruf*

In welche der Sonaten kann
ich dich mit aller Vorsicht legen?
Dich trifft die ganze Schuld: Weswegen
tratst du so nah an mich heran,
auch wenn es flüchtig war? … Ob du
mich bange rufst? – In deinen Träumen
willst du vergehen in den Räumen,
wo sich der Tod ergab der Ruh.

1963

Ich hebe den Telefonhörer, und ich nenne den Namen,
mir antwortet eine Stimme, die nicht von dieser Welt …
Bin also nicht ganz verlassen, es weicht die tödliche Kälte,
rings wird alles vom fahlen bläulichen Schein erhellt.
Ich sage: »Mein Gott, ich traue kaum den eigenen Ohren,
sind solche Begegnungen möglich im irdischen Ätherfeld?«
Du antwortest: »Unvergessen blieb, was du einst verloren,
noch im Tode vernehm ich deine Stimme, die zu mir hält.«
. . . . . . . . . . . . . . . . . . . . . . . . . . . . . . . . . . . . . . . . . . . . . . .
Mich selber höre ich seufzen, beinah gelähmt vor Angst.

ohne Jahr

# *Nachwort*

*Die Dichterin mit dem großen Herzen*

»Die Wahl ihres Pseudonyms Anna Achmatowa war bereits die erste gelungene Zeile«, schreibt der russische Nobelpreisträger Joseph Brodsky. »Die fünf offenen ›A‹ in Anna Achmatowa hatten eine hypnotische Wirkung und verankerten die Trägerin dieses Namens im Alphabet der russischen Lyrik ganz obenan.« 1911 verwendete die 1889 geborene Dichterin bei der zweiten Veröffentlichung eines Gedichts – auf Drängen des Vaters, der um den Ruf seines Familiennamens Gorenko fürchtete – erstmals dieses Pseudonym, unter dem sie heute weltbekannt ist. Die Gymnasiastin Anna Achmatowa war durch den schon berühmten symbolistischen Dichter Nikolai Gumiljow, den sie seit 1903 kannte, in die Kreise der Lyriker St. Petersburgs eingeführt worden. Gumiljow verliebte sich bald so sehr in sie, daß ihr Zögern, seine Frau zu werden, ihn zu mehreren Selbstmordversuchen trieb. Anna Achmatowa schrieb 1907 an ihren Schwager Sergej von Stein: »Ich heirate meinen Jugendfreund Nikolai Stepanowitsch Gumiljow. Er liebt mich schon drei Jahre, und ich glaube, daß es mein Schicksal ist, seine Frau zu sein. Ob ich ihn liebe, weiß ich nicht, aber ich glaube es.«
Am 25. April 1910 heirateten sie. Die Hochzeitsreise führte das Paar nach Paris, wo Achmatowa in eine engere Beziehung zum damals noch unbekannten Maler Amedeo Modigliani trat, der sie mehrfach portraitierte und dem sie einige Gedichte widmete.
1911 trat sie im »Turm«, dem bekannten Dichterklub von Innokenti Annenski, auf, und präsentierte sich und

ihre Lyrik erstmals einer größeren Öffentlichkeit, die zu nicht geringen Teilen aus bekannten Lyrikern bestand. Ihre Gedichte wurden sehr positiv aufgenommen. Achmatowas erster Lyrikband, *Der Abend*, 1912 erschienen in einer Auflage von 300 Exemplaren, war in kürzester Zeit ausverkauft. Zusammen mit Gumiljow, Ossip Mandelstam, Michail Senkewitsch und Wladimir Narbut begründete sie die Richtung des Akmeismus (vom griechischen Wort »akmé« für Reife, Blütezeit), der sich von der Fülle des Symbolismus lösen wollte und eine strengere, reinere Lyrik anstrebte.

1912 kam ihr Sohn Lew auf die Welt, doch kurze Zeit später trennte sich das Paar. Gumiljow konnte es nur schwer ertragen, eine unabhängige Frau zu haben, die ihm als Dichterin mindestens ebenbürtig und beim Publikum deutlich beliebter war. 1914 lernte sie den Kritiker und Dichter Nikolai Nedobrowo kennen. Nedobrowos 1915 veröffentlichter Aufsatz über die Lyrik Achmatowas empfand die Dichterin selbst als sehr einfühlsam und als das Beste, was über ihre frühe Lyrik geschrieben wurde. Es heißt darin: »Wenn etwas einzelnes allgemeine Bedeutung gewinnt, dann liegt offenbar der Quell der Bezauberung nicht nur in der Anziehungskraft der zum Ausdruck gebrachten Persönlichkeit, sondern auch in der Kunst, sie zum Ausdruck zu bringen: In der neuen Fähigkeit, den Menschen zu sehen und zu lieben.«
Der Leser von heute spürt immer noch die faszinierende Klarheit der Achmatowschen Lyrik: Die Sätze sind leicht, und ruhig liest man das Enjambement im ersten Satz. In der Übertragung von Alexander Nitz-

berg ist der still fließende Anapäst des Originals auf wunderbare Weise auch im Deutschen nachvollziehbar.

In ihrer frühen Lyrik, die den Schwerpunkt dieses Buches bildet, steht das narrative Element im Vordergrund. Ihre Gedichte erzählen häufig kurze Geschichten; Liebeskummer oder Eifersucht werden als »Stoff« lyrisiert. Zahlreiche Gattungen werden verwendet: »Der König mit samtigem Blick« ist eine Ballade, »Und im Schutze des Schleiers« ist ein Dialog, der »Gesang der letzten Begegnung« eine Erzählung, »Die Liebe« ist ein Essay und »Die Geliebten verlangen so viel« ein Brief. Ihre Lyrik ist frei von Pathos und erzählt nie aus der Perspektive eines allwissenden lyrischen Ichs. Im Gegenteil: Häufig stellt sie Fragen, geht Rätseln nach oder klagt das Schicksal an – mit sanfter Sprache, unterkühlten Gefühlen und einfachen Worten, die von Frauen gesprochen werden. Die Dichterin übernimmt unterschiedlichste Rollen: Nonne (»Bei der Lektüre von Hamlet«), Schwester (»Sie kamen und sagten«), Ehefrau (»Er liebte«), Königin (»Der König mit samtigem Blick«), Dienerin (Alice), Briefpartnerin (»Warum willst du den Brief zerknüllen«) und – häufiger – auch die Geliebte. Alles sind Frauenrollen, und manch eine Leserin konnte sich in die Lyrik der Achamatowa als Teil ihres eigenen Ichs vertiefen. Das begründet ihren frühen Ruhm, und ihre Fähigkeit, sich in ihrer Lyrik in verschiedene Figuren hineinzudenken, erklärt, weshalb Anna Achmatowa in späteren Jahren in der Lage war, sich in die Rolle des »Gedächtnisses Rußlands« einzudichten. Ihr Ehemann Gumiljow schreibt 1914: »In Anna Achmatowas Lyrik erhalten eine Reihe bisher stummer Wesen eine Stimme: verliebte Frauen, die träumend und voller innerer Aufregung sprechen, und, schließlich, sie erhalten ihre eigene und auch künstlerisch überzeugende Sprache.«

1915 lernte sie den Offizier Boris Anrep, einen Freund Nedobrowos, in Zarskoje Selo kennen und verliebte sich in ihn. Ihm widmete sie zahlreiche Liebesgedichte, die fast alle unter dem Leitmotiv »Trennung« stehen. Am 13. Februar 1916, einen Tag vor seiner Abreise nach England, erhielt er von Anna Achmatowa den Gedichtband *Der Abend* mit der Widmung: »Für Boris Anrep – es wurde eine Hoffnung weniger, es wird ein Lied mehr.« Anrep kehrte nicht mehr aus London zurück, bat Anna Achmatowa zwei Jahre später, ihm zu folgen, doch sie antwortete mit einem Gedicht: »Doch unbetroffen und gelassener Seele / Verschloß ich mit den Händen mein Gehör, / Daß nicht die nichtswürdige Rede / Den Geist, den trauervollen, mir befleckt.«

Zwischen 1922 und 1940 erschienen nur sehr wenige Gedichte von Anna Achmatowa, ihr Name war aus der sowjetischen Literaturgeschichte getilgt worden. Den zweiten Teil ihres Gedichtbandes »Anno Domini MCMXXII« nannte sie »Nach allem«, so wie ihr Leben sich nach 1922 auch radikal änderte. Viele Freunde waren gestorben (Nedobrowo, Gumiljow) oder emigriert (Anrep), und ihre eigene Lyrik durfte nicht publiziert werden. Roman Timentschuk bezeichnete die gesamten letzten vierzig Lebensjahre als »Leben nach dem Tod«. Die Thematik ihrer Lyrik änderte sich; nicht

mehr die Liebe, sondern die Erinnerung an die Vergangenheit stand nun im Mittelpunkt. Sie selbst schrieb später in einem Gedichtfragment: »Auf der zerstörten Brücke / Am Tag, der heute ein Feiertag ist, / endete meine Jugend.« Die russische Revolution hatte den schönen Teil ihres Lebens beendet.
Ihre Wohnsituation war durchweg instabil: Sie zog mit einem kleinen, abgewetzten Koffer von Freundin zu Freundin, führte ein »unbehaustes« Leben, und ihre Wohnung im »Fontanny Dom« mußte sie aufgrund behördlicher Willkür immer wieder räumen. 1942 bis 1945 zog sie wegen der Blockade von Leningrad nach Taschkent und lebte dort in einem Haus mit ihrem Freundin Nadeshda Mandelstam.

Im Oktober 1945 bekam Anna Achmatowa in ihrer Wohnung im »Fontanny Dom« Besuch von Sir Isaiah Berlin, der sich als britischer Diplomat in Leningrad aufhielt. Diese Begegnung hinterließ bei der Lyrikerin einen solch starken Eindruck, daß sie motivisch in den letzten Jahren immer wieder auftauchte. Auch in ihren »Poem ohne Held« nimmt der aus Riga stammende Brite, den sie mehrfach den »Gast der Zukunft« nennt, eine zentrale Rolle ein. Die Liebesgedichte dieser Zeit zählen zu dem Schönsten, was Lyrik überhaupt leisten kann. Als Stalin von dem Treffen der beiden erfuhr, soll er außer sich gewesen sein vor Wut darüber, daß ein kapitalistischer Diplomat eine sowjetische Lyrikerin besuchte. 1946 hielt der Literaturfunktionär Andrej Shdanow eine Rede vor dem Schriftstellerverband, in der er Anna Achmatowa als »halb Nonne, halb Hure« bezeichnete – eine Formulierung, die Boris Eichenbaum ähnlich 1923 einmal mit positiver Konnotation verwendet hatte. Diese Rede hatte eine staatlich organisierte Hetzkampagne gegen Achmatowa zur Folge, und durch den Ausschluß aus dem Schriftstellerverband verlor sie ihre Arbeitsmöglichkeit. Ihr bereits gedruckter Gedichtband wurde vernichtet, und erst 1958, fünf Jahre nach Stalins Tod, konnte ein nächstes Buch erscheinen. In den sechziger Jahren setzte später Ruhm ein; so wurde sie 1964 mit dem Ätna-Taormina-Preis in Italien ausgezeichnet und erhielt 1965 die Ehrendoktorwürde in Oxford. In England sah sie Isaiah Berlin wieder, und auf dem Rückweg traf sie in Paris noch einmal Boris Anrep. Am 5. März 1966 starb Anna Achmatowa in Domodedowo bei Moskau.

*Olaf Irlenkäuser*

*Inhalt*


Den Strahl im Fenster bet ich an 7
Bei der Lektüre von »Hamlet«
1. Der Platz vor dem Friedhof war staubig und leer 8
2. Und als wär es ein Versprecher 9
Zwei Gedichte
1. Das Kissen ist beiderseits 10
2. Wieder dieses weiche Haar 11
Sie kamen und sagten: »Dein Bruder ist tot.« 12
Er liebte 13
Ein altes Portrait 14
Der König mit samtigem Blick 15
Und durch den goldnen Nebel trieb 16
Und im Schutze des Schleiers verrenkte 17
Alice
1. Alles trauert um den holden 18
2. »So spät! Ich bin müde, ich gähne …« 19
Ein Gesang der letzten Begegnung 20
Liebe 21
Fragment 22
Man hat mir heute keinen Brief gebracht 23
Die Stimme schwankt, der Wille ist geblieben 24
Will Unsterblichkeit noch im Sterben 25
Warum willst du den Brief zerknüllen 26
Die Geliebten verlangen so viel 27
Konfusion
1. Es war stickig im sengenden Scheine 28
2. Du liebst nicht, du schaust nicht her 29
3. Vertraut mit den besten Sitten 30
Abends 31

Promenade 32
Grüß dich! Ob dein Ohr den zarten 33
Mein Lächeln ist das, was ich hab 34
Wir werden nicht von einem Glase trinken 35
Unverwechselbar sind die Regungen 36
Nicht zu früh, nicht zu spät geboren 37
Dachte wenig an dich und erglühte 38
Der Leib verblühte mir zermartert 39
Der Gast 40
Trennung 41
Die Straße war dunkel im Garten am Meere 42
Will das Glück nicht, das hienieden ist 43
Du könntest mir seltner im Traume 44
Sie ist in einer sichren Bucht 44
War niemals auf Ruhm bedacht 46
Hab den Rebell gepriesen 47
Der Traum 48
Die Frühlingsbrise zärtlich weht 49
Denn irgendwo ist Licht, das heiter, warm 50
Nein, mein Königssohn, du denkst 51
Bist du tot oder lebend? Werde 52
»Wie deine Hände glühen 53
Ich weiß: Für Leiden und Beschwerden 54
Ach, wieder einmal du. Nicht als verliebter Knabe 55
Man nahm mir Liebe, und man nahm mir Mut 56
Als alle Welt mir ihn verhieß 57
Ich wartete auf ihn schon manches Jahr 58
Über gefrorene Wehen 59
Wir müssen den Abschied üben 60
Geheimnisvoll seh ich den Winter tauen 61
Willst du, dem weder mein Begehren 62
Von Begeisterung ergriffen 63

Fremder Gefangner! Was soll deine Haft mir 64
Einundzwanzigster. Montag. Im Finstern 65
Mir ward die Stimme: »Ich verkünde 66
Finsterer Traum
1. Der mich so krumm und unbeholfen pries 67
2. Auf dem Wasser klirrendes Eis 68
3. Lauthals brülle ich und winde mich 69
4. Du bist immer anders und verschroben 70
Bleib fern. Du bist vom fremden Lager 71
Du glaubtest, mit flehendem Rufe 72
Ich werde mich nützlich erweisen 73
Bist du bei Trost? Ich soll dir hörig sein 74
Und die Blicke der Männer entflamme ich 75
Ich brachte den Liebsten Verderben 76
Er sagte mir, ich sei von Erden nicht 77
Eine andere Stimme
1. Habe dich, mein Engel, nie betrogen 78
2. In jener fernen Zeit, da Liebesglut 79
»Will mein Teuerstes zerstören 80
Vor den verführerischen Knien 81
Du wirst mir doch verzeihn 82
Zweizeiler 83
Der letzte Toast 84
An zarten Blicken weidet sich der eine 85
An die Stadt von Puschkin 86
… Der Mensch jedoch, für den ich heute nichts 87
Cinque
1. Wie am Rande der Wolke dort 88
2. Als die Töne im Äther zerschellten 89
3. In meiner Kindheit mocht ich nicht 90
4. Daß ich den Tag unsrer krassen 91
5. Warum müssen wir leiden? Was taten wir 92

Im Traum 93
Die Liebe stirbt zuerst, die Schmeichelreden 94
Und dieses eine Herz wird nichts erwidern 95
Du hast mich ausgedacht. Denn solche gibt es nicht 96
Im gebrochenen Spiegel 97
Du bist da, an weiß Gott welchem Orte 98
Drohe nicht, daß mein Glück mich verläßt 99
Abschiedslied 100
Eine Stimme erklingt vor der Tür 101
Reiche kein Erinnerungsgeschenk mir 102
Du hattest recht, daß du mich nicht 103
Beinahe ins Album 104
Der Ruf 105
Ich hebe den Telefonhörer, und ich nenne den Namen 106

Nachwort 107